내 마음에 새기는
좋은 글

내 마음에 새기는 좋은 글

하루 한 장 문해력과 어휘력을 높이는 필사책!

이강래 엮음

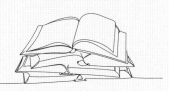

빅마우스

내 마음에
새기는
좋은 글

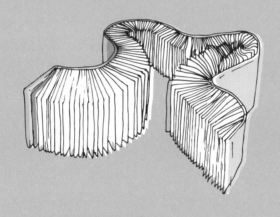

어느 누구도 과거로 돌아가서 새롭게 시작할 순 없지만,
지금부터 시작하여 새로운 결말을 맺을 수는 있다.

당신을 사랑하기에 지난밤 나는
그토록 설레며 당신에게 속삭였지요
당신이 나를 영원히 잊지 못하도록
당신의 마음을 따왔지요

당신의 마음은 나와 함께 있으니
좋든 싫든 오로지 내 것이지요
설레며 불타오르는 내 사랑
어떤 천사라도 그대를 빼앗아가진 못해요

- 헤르만 헤세

독립적이고 자주적인 사람이 되는 건 대단히 중요한 일이다. 계속 누군가에게만 의지하려고 하면 그 대상이 누구든 상관없이 결과는 실패로 귀결된다. 반면 타인에게 의존하는 버릇에서 벗어나면, 혼자서도 적극적으로 사고하면서 자신만의 방식으로 살아갈 수 있게 된다.

– 예저우

• **독립(獨立)**: 다른 것에 예속하거나 의존하지 아니하는 상태로 됨
• **자주(自主)**: 남의 보호나 간섭을 받지 아니하고 자기 일을 스스로 처리함
• **의존(依存)**: 다른 것에 의지하여 존재함

목표는 행동보다 앞서 존재하는 매우 중요한 사항이다. 목표가 없으면 전략도 행동도 있을 수 없다. 전략은 외부 환경 · 내부 조건 · 목표 사이의 균형 속에서 결정되며, 행동은 바로 이러한 목표를 달성하기 위한 끊임없는 노력이다.

- 쌍쩐롱

▼

004

스스로에게
"나는 행복한가?" 하고 자문해보자.
세상 사람들이
당신을 이상하게 볼지라도
나 자신의 행복에 대해
고민하기를 멈추지 말라!

- 장샤오헝

꾸준하고 부지런한 배움은 천재를 만들고, 더 나아가 독보적인 자아를 만든다. 그러니 성공한 사람들을 부러워만 하지 말고 성실히 배움에 임하라. 노력할 준비가 되어 있다면 '천재'라는 타이틀의 새 주인은 바로 내가 될 것이요, 열성적으로 배움에 임하지 않는다면 아무리 천부적인 재능을 지녔어도 성공에서 멀어질 것이다.

- 쑤린

내 마음에
새기는
좋은 글

세상에 끝나는 것은 거의 없어.
한 번 일어난 것은 언제까지라도 계속되는 거야.
단지 여러 형태로 변하기 때문에
다른 이도 자신도 알 수 없을 뿐이지.

_나츠메 소세키,《미치쿠사》

내 마음에
새기는
좋은 글

체면치레와 허영심은 나를 끝없는 비교의 늪으로 빠지게 한다.
자신을 포기한 채 겉치레를 위해 사는 사람들이 많다.
이들의 문제는 바로 '체면'에 있다.

피곤하게 사는 사람 대부분은 체면을 내려놓지 못한다.
그들은 타인의 시선을 기준으로 삼고
체면이라는 미궁에서 헤어나지 못한다.
부자들은 내키는 대로 돈을 많이 쓰며 과시하기를 즐긴다.
빈자들은 돈이 없음에도
체면 때문에 과소비를 하여 매달 적자를 본다.

허영심은 사람들의 정신건강에 부정적인 영향을 미친다.
처음에는 잔물결에 불과했던 허영심이
점차 사람들의 성취욕을 자극하며 나날이 커진다.
이렇게 통제력을 잃은 허영심은 사람들의 욕망을 폭발시키고
급기야 비교의 늪으로 내몬다.

노력을 중단하는 것보다 위험한 것은 없다.
그것은 습관을 잃는 것이다. 좋은 습관은 버리기는 쉬우나
다시 들이기는 어렵다.

- 빅토르 위고

마음을 열면 행복하고, 마음을 닫으면 불행하다.

내 마음을 다른 사람이 대신 안정시킬 수 있을까?
내 잘못을 다른 사람이 대신 속죄할 수 있을까?
내 속박을 다른 사람이 대신 풀어줄 수 있을까? 불가능하다!
진정한 안정은 스스로 취하는 것이고,
진정한 속죄는 스스로 뉘우치는 것이며,
진정한 해탈은 스스로 이루는 것이다.
불안, 초조, 아픔의 진정한 원인은 외부에 있지 않고 내면에 있다.
이러한 고통은 마음을 어지럽히고 집착과 분노를 일으킨다.

그대의 인생을 분별 있게 나누어 쓰며 여행하라.

첫 번째 여행은 죽은 자들과 대화로 시작하라.

책을 보라.

두 번째 여행은 살아 있는 사람들과

이 세상의 좋은 것들을 보고 깨달으라.

세 번째 여행은 자기 자신과 보내라.

마지막 끝자리의 행복은 철학하며 사는 것이다.

– 발타자르 그라시안

● 철학(哲學)
　① 인간과 세계에 대한 근본 원리와 삶의 본질 따위를 연구하는 학문
　② 자신의 경험에서 얻은 인생관, 세계관, 신조 따위를 이르는 말

내 마음에
새기는
좋은 글

부정적인 감정은 끝없는 어둠과도 같아서 일을 더 나쁜 쪽으로 몰아간다. 하지만 우리는 얼마든지 자기감정의 주인이 될 수 있다. 적극적인 마음가짐은 따스한 햇살과도 같아서 우리의 마음에 드리운 그늘을 거둬낼 수 있기 때문이다.

내 마음에
새기는
좋은 글

지혜가 이론으로만 그치고 실천으로 이행되지 않는다면, 그 지혜는
화려하게 핀 장미에 불과하다. 아무리 농염한 색상과 짙은 향을 내
뿜고 있어도, 시들어버리면 씨앗조차 남기지 못하기 때문이다.

리더의 정확한 정책 결정은 단순히 부하들에게 일의 밑그림을 그리게 하는 정도로 그치지 않는다. 이것은 조직 구성원들에게 일의 정확한 목표와 방향을 제시하고, 현 상황을 일목요연하게 이해시키며, 일을 추진하는 과정에서 힘과 동기를 부여한다. 전략은 구성원 개개인에게 부여된 임무를 정확히 인식시키고 그 책임을 끝까지 다 하도록 만듦으로써 처음의 목표에 온전히 부합하는 결과를 이끌어 낸다. [3]

• 일목요연(目瞭然)하다: 한 번 보고 대번에 알 수 있을 만큼 분명하고 뚜렷하다

내 마음에
새기는
좋은 글

인생은 짧다. 그렇기에 최선을 다해 정말 좋아하는 일을 하면서 진실한 나 자신으로 살아가야 한다. 타인의 기대와 시선 속에 사는 인생은 거울에 비친 그림자일 뿐이다. 그것은 절대로 진정한 행복을 가져다주지 못한다.

쉬운 일을 신중하게 처리하면 어려운 일을 피할 수 있고,
작은 구멍을 열심히 메우면 큰 화를 피할 수 있다.
치밀함은 오류를 줄이는 최고의 방법이자
성공을 향한 탄탄한 기반이며
자아를 실현하는 지름길이다.
치밀함을 길러라.
그 치밀한 성격이 당신의 인생에 도움을 줄 것이다.

산에는 꽃 피네
꽃이 피네
갈 봄 여름 없이
꽃이 피네

산에
산에 피는 꽃은 저만치 혼자서 피어 있네

산에서 우는 작은 새여
꽃이 좋아
산에서
사노라네

산에는 꽃이 지네
꽃이 지네
갈 봄 여름 없이
꽃이 지네

- 김소월, 〈산유화〉

원망을 내려놓고 항상 감사하는 마음을 가져야 한다. 감사해야 할 사람은 세상에 아주 많다. 질책해준 사람에게 감사하자. 깊이 생각할 기회를 주었으니까. 나를 넘어뜨린 사람에게 감사하자. 의지를 강하게 만들어주었으니까. 나를 버린 사람에게 감사하자. 독립심을 배울 수 있게 해주었으니까. 나를 기만한 사람에게 감사하자. 인생의 경험을 쌓을 수 있게 해주었으니까. 나에게 상처를 준 사람에게 감사하자. 의지를 단련시켜주었으니까. 매사 하늘을 원망하거나 남탓을 하지 말자. 경외심을 가지고 세상 모든 것에 감사할 줄 알면 마음이 평온해진다.

▼

018

상대에게 한 번 속았을 때는
그 사람을 탓하라.
그러나 그 사람에게 두 번 속았거든
자신을 탓하라.

- 탈무드

우울증에 빠져 지독한 안개 속을 헤매는 듯할지라도 소중한 생명을 포기해서는 안 된다. 우리가 세상에 태어난 것은 죽기 위해서가 아니라 살기 위해서다. 인생이라는 긴 마라톤에서 행복과 즐거움을 느끼기 위해 생명에 활력을 불어넣고 마음속 부담감을 덜어내는 방법을 찾아야 한다.

내 마음에
새기는
좋은 글

목표는 한 사람에게 매우 중요한 요소다. 하지만 이보다 더 중요한 것은 목표 달성 기한을 정하는 것이다. 그래야 더욱 효과적으로 목표를 실현할 수 있다.

내 마음에
새기는
좋은 글

운이란 언제든 좋아지는 때가 있다. 그렇지만 운에 기대지 않고 운 자체에 얽매이지 않으려면, 자신의 내면을 풍요롭게 만들어야 한다. 한편, 아무리 큰 부를 지녔더라도 진정으로 행복하지 않다면, 이는 내면이 결핍되어 있는 것이다.

내 마음에
새기는
좋은 글

양보는 상대방과의 원활한 협상과 협력을 위해서도 꼭 필요한 덕목
이다. 사실 우리 주위에는 한 발씩만 양보하면 충분히 합의할 수 있
는 일이 아주 많다. 큰 목표를 이루기 위해서는 나아감과 물러남을
모두 염두에 두는 현명한 판단을 내릴 수 있어야 한다.

• **협상(協商):** 어떤 목적에 부합되는 결정을 하기 위하여 여럿이 서로 의논함
• **협력(協力):** 힘을 합하여 서로 도움
• **염두(念頭):** 생각의 시초. 마음속

어제가 어떠했는지를 잘 알고 이해하면 오늘을 옳게 사는 일이나 내일을 내다보는 일이 그리 어렵지 않습니다. 내일을 내다보면 오늘을 어떻게 살아야 하는지에 대한 지침을 얻을 수 있습니다.

- 김동길

내 마음에
새기는
좋은 글

사랑하고 용서할 수 있는 용기를 가져라. 다른 이의 행복을 위해 자신의 마음을 기꺼이 베푸는 아량을 배워라. 자신을 둘러싼 모든 사랑을 소중히 여기고 감사하라. 그러면 언제까지나 행복한 사람으로 살 수 있을 것이다.

• 아량(雅量): 너그럽고 속이 깊은 마음씨

남다른 사람이 되고 싶다면 잊지 말아야 할 한 가지가 있다. 남과 다른 생각을 가지고 다른 행동을 하는 사람은 성공을 거두기 전까지 무수히 많은 의혹에 시달린다는 점이다. 그러니 행여 누군가 당신에게 의혹의 눈초리를 보내더라도 겁내지 마라. 주변 사람들의 배척은 당신이 곧 성공을 거둘지도 모른다는 지표이니까 말이다. 기억하라! 진짜 개성을 지닌 사람은 절대 타인의 의혹과 비웃음에 의기소침해지거나 자기 자신을 의심하지 않는다.

아들아, 앞으로 2년은 네 인생에서 상당히 중요한 시기란다. 그래서 지금 아버지는 너에게 간곡히 부탁하고 싶구나. 이 기간을 정말 가치 있게 보내라고. 지금 네가 아무 일도 하지 않고 시간을 흘려보낸다면 그만큼 네 지식의 양은 줄 것이요, 인간 형성에서의 손실도 클 것이다. 반대로 네가 진정 이 기간을 뜻있게 보낸다면, 그 시간이 쌓이고 쌓여서 네 인생의 기반은 탄탄해질 것이다.

빨리 자유로워지느냐 그렇지 못하느냐는 오직 네가 시간을 어떻게 사용하느냐에 달려 있다.

– 필립 체스터필드

내 마음에
새기는
좋은 글

▼

027

세상을 바꾸고 싶다면
자신의 마음을 바꾸는 것부터 시작하자.
세상을 들어 올리려면
자신의 영혼을 받침대로 삼아야 한다.

내 마음에
새기는
좋은 글

남의 잘못에 관대하라.

오늘 저지른 남의 잘못은 어제 내가 저지른 잘못일 수 있다.

완전하지 못한 것이 사람이라는 점을 항상 생각하라.

- 셰익스피어

흥미를 느낄 만한 일을 하라.

내면의 소리에 귀를 기울이고

진정으로 좋아하는 일, 즐거운 일을 찾아라.

현실이라는 벽 앞에서

원하는 길이 아닌 다른 길을 선택해야 한다면, 일단 가자.

다만, 일주일에 한 번 혹은 한 달에 한 번 또는 일 년에 한 번이라도

자신만을 위한 시간을 비워두자.

내 마음에
새기는
좋은 글

실패하는 사람과 성공하는 사람의 가장 큰 첫 번째 차이는 바로 결심을 했는가, 하지 않았는가에 있다.

내 마음에
새기는
좋은 글

생존 그 자체는 가치가 없다. 왜냐하면 무료함이라는 녀석이 생존 자체에 대해 공허함과 무미건조함을 느끼도록 만들기 때문이다. 인간의 본질과 존재는 삶을 갈구하는 데 있다. 그리고 만약 삶 자체에 긍정적인 가치와 진실한 내용이 정말로 담겨 있다면, 무료함이 끼어들 여지가 없을 것이다.

• 공허(空虛)
  ① 아무것도 없이 텅 빔
  ② 실속이 없이 헛됨
• 무미건조(無味乾燥): 재미나 멋이 없이 메마름

누구나 완벽한 성공과 이익을 바라지만 완벽함이란 어디까지나 그때의 환경을 기준으로 정해지는 것이다. 세상은 변하고 성공의 길도 언제나 한 가지만 있는 것은 아니다. 한때의 완벽이 영원한 완벽은 아니며 잠시의 성공 또한 영원한 성공이 아니다.

스스로 재능 없고 평범하다고 단정하지 말라. 자신을 비하하는 것은 더더욱 금물이다. 언젠가는 반드시 자신 안의 빛이 다른 사람의 눈에도 보일 날이 온다.

내 마음에
새기는
좋은 글

0 3 4

자아의식으로 자기 자신을 헤아려 자신의 힘을 깨닫는 것! 이것이 바로 자아실현의 열쇠다. 자신감을 가지고 자기 자신을 믿어라. 이 믿음에 노력이라는 날개를 달면 분명 더 높이 더 멀리 비상할 수 있다. 자신에 대한 믿음으로 자아를 일깨워 무궁무진한 힘을 폭발시킨다면 당신 앞에 불가능이란 없을 것이다.

• 비상(飛上): 높이 날아오름

인생에서 가치 있는 것은 모두 오르막이다. 인생에서 가치 있는 것, 당신이 소망하고 이루고 싶은 것, 당신이 누리고자 하는 것은 모두 오르막이다. 문제는 많은 이의 꿈은 오르막인데, 습관은 내리막이 라는 사실이다.

- 존 고든

지나치게 높은 목표를 설정하는 사람들은 필사적인 노력에도 아무
런 성과를 얻지 못한다. 그럼에도 불구하고 그들은 자신이 선택한
길이 허황된 망상이라는 것을 절대 인정하지 않는다.
이제 다시 한 번 삶을 둘러보자. 헛된 망상은 내려놓고 천천히 걸으
며 삶의 향기를 맡아보는 건 어떨까?

내 마음에
새기는
좋은 글

칼로 낸 상처보다 말로 낸 상처가 더 아프다.

그러나 말로 낸 상처보다 무관심의 상처가 더 아프다.

무관심은 치유될 수 없기 때문이다.

- J. 토퍼스

내 마음에
새기는
좋은 글

인간은 태어날 때 "전부 다 가질 거야"라는 의지를 보여주듯 주먹을 쥐지만, 세상을 떠날 때 "아무것도 가져갈 수 없다"고 말하듯 두 손을 편다. 돈과 명예를 추구하지 말고 더 높은 경지에 다다를 수 있도록 노력해야, 즐겁고 행복한 인생을 살 수 있다.

내 마음에
새기는
좋은 글

그 어느 순간에도 포기하지 않고 뚝심과 끈기를 발휘해 끝까지 해
내는 것! 이것이 바로 리더십 향상의 핵심 포인트이자 영원한 진리
이다.

노란 숲 속에 길이 두 갈래로 났었습니다
나는 두 길을 다 가지 못하는 것을 안타깝게 생각하면서
오랫동안 서서 한 길이 굽어 꺾여 내려간 데까지
바라다볼 수 있는 데까지 멀리 바라다보았습니다

그리고, 똑같이 아름다운 다른 길을 택했습니다
그 길에는 풀이 더 있고 사람이 걸은 자취가 적어,
아마 더 걸어야 될 길이라고 나는 생각했었던 게지요
그 길을 걸으므로, 그 길도 거의 같아질 것이지만

내 마음에
새기는
좋은 글

그날 두 길에는

낙엽을 밟은 자취는 없었습니다

아, 나는 다음날을 위하여 한 길은 남겨두었습니다

길은 길에 연하여 끝없으므로

내가 다시 돌아올 것을 의심하면서

훗날에 훗날에 나는 어디선가

한숨을 쉬며 이야기할 것입니다

숲 속에 두 갈래 길이 있었다고,

나는 사람이 적게 간 길을 택하였다고

그리고 그것 때문에 모든 것이 달라졌다고

- 프로스트, 〈가지 않은 길〉

내 마음에
새기는
좋은 글

사람은 누구나 욕망을 갖고 있다. 그 욕망은 끊임없이 튀어나온다. 욕망하던 것 하나를 이루면 또 다른 욕망이 튀어나오는 것이다. 게다가 사람의 욕망은 끝도 없을뿐더러 종류도 다양하다. 그러니 메울 수 없는 욕망을 시시각각 잘라내고 정리해주어야만 욕망에 속박되지 않는다.

내 마음에
새기는
좋은 글

흔히 비범한 사람은 큰일만 하고, 평범한 사람은 자잘한 일만 할 것
이라고 생각한다. 하지만 세상 이치는 결코 그렇지 않다. 비범한 사
람이든 평범한 사람이든 작은 일이 하나씩 모여 그 사람의 일생을
이루기 때문이다. 작은 일 하나하나는 바로 그 사람의 일생을 형성
하는 기초이다.

내 마음에
새기는
좋은 글

자기 자신을 사랑하려면 먼저 스스로를 많이 칭찬해야 한다. 또한 자신의 감정을 있는 그대로 받아들이고, 자신을 위해 감동하고 자신을 위해 눈물 흘리며 충분한 동정심과 연민을 가져야 한다. 자기 자신에게 따뜻함을 베풀어라.

• 동정심(同情心): 남의 어려운 처지를 안타깝게 여기는 마음
• 연민(憐憫/憐愍): 불쌍하고 가련하게 여김

내 마음에
새기는
좋은 글

▼

044

당신이 생각하기에
당신은 아름다운가?
뚱뚱하든 말랐든, 키가 크든 작든,
잘생겼든 못생겼든 상관없이
이 한 가지만 기억하라.
자신감이 곧 아름다움이다.

내 마음에
새기는
좋은 글

돈이나 재물을 지혜롭게 쓸 줄 아는 이는 그리 많지 않다. 그런데 시간을 지혜롭게 사용할 줄 아는 사람은 그보다 더 적다. 그리고 시간을 지혜롭게 사용하는 것이 돈이나 재물을 지혜롭게 쓰는 것보다 중요함은 말할 필요도 없다.

아들아, 나는 네가 이것들을 지혜롭게 사용할 줄 아는 사람이 되길 바란다.

1분을 비웃는 자는 1분, 아니 1초에 우는 법이다. 그러니 10분이나 20분이라도 시간을 헛되이 쓰지 않도록 해라. 10분, 20분을 소홀히 흘려보내면 하루에 몇 시간을 낭비하게 된단다. 그것이 1년간 쌓인다고 생각해보렴. 얼마나 상당한 시간이겠느냐. 네 인생이 바뀔 수 있는 시간이란다.

- 필립 체스터필드

내 마음에
새기는
좋은 글

삶이 그대를 속일지라도
슬퍼하거나 노하지 말라!
슬픈 날을 참고 견디면
기쁜 날이 오고야 말리니
마음은 미래에 살고
현재는 언제나 슬픈 것
모든 것은 순식간에 지나고
지나간 것은 또다시 그리움이 되나니

– 알렉산드로 푸시킨

내 마음에
새기는
좋은 글

자신한테 가혹하게 굴지 말라. 우리는 스스로 자신의 삶을 선택하고 결정할 능력을 갖춰야 한다. 고기를 잡기 위한 준비 단계에서 잠시 호흡을 고르면서 그것이 진정으로 자신이 원하는 일인지, 혼자서 책임을 질 수 있는 일인지, 반드시 몇 년을 기다려야 할 수 있는 일인지 곰곰이 생각해보자. 때로는 우리가 도달해야 할 종점이 현재의 출발점이 될 수도 있다. 행복은 손이 닿지 않는 먼 곳에 있는 게 아니라 아주 가까이에 있다. 내일의 행복을 붙잡기 위해 오늘의 행복을 놓치지 말라.

내 마음에
새기는
좋은 글

세상에서 가장 향기로운 것은 무엇일까? 향수? 생화? 사랑하는 사
람의 체취? 그 무엇도 진수(眞水), 즉 순수한 물을 따라가지 못한다.
그렇다면 세상에서 가장 높은 것은 무엇일까? 바로 진인(眞人), 즉
진리를 체득한 사람이다. 그들은 지식이 없고, 덕이 없고, 공로가 없
고, 유명하지도 않다. 하지만 그들은 순수하며, 만물에 이롭다.

- 리무무

내 마음에
새기는
좋은 글

많은 사람이 자신을 자랑스러워할 만한 자격을 갖추고 있다. 하지만 자신을 자랑스러워하는 걸 그만둘 수 있을 때에만 외로움과 적막 속에서도 진정한 자신을 발견할 수 있다.

– 예저우

내 마음에
새기는
좋은 글

작은 일도 매일 쌓이다 보면 언젠가는 무시할 수 없는 결과가 되어 돌아온다. 세상을 놀라게 할 만큼 엄청난 일이 아니더라도 매일의 작은 일을 큰일처럼 여기고 열정을 다한다면 위대한 결과를 낳을 수 있다. 위대한 일은 평범한 일에서부터 시작된다는 사실을 명심하라.

내 마음에
새기는
좋은 글

다른 사람의 말 한마디에 사사건건 휘둘리지 말고, 자신만의 길을
가는 법을 배워라. 남이 자신을 어떻게 볼지를 고민하며 전전긍긍
하는 것만큼 어리석고 무의미한 일도 없다!

어떤 이가 괴테에게 물었다

"용기가 정말 그렇게 중요한가요?"

그러자 괴테는 대답했다.

"물론이죠. 재산을 잃으면 조금 잃는 것이요, 명예를 잃으면 많이 잃는 것이지만, 용기를 잃으면 전부를 잃는 것입니다."

노마지지(老馬之智), '늙은 말의 지혜'라는 말은 중국 제나라의 명재
상 관중이 길을 잃고 헤매는 환공에게 한 말에서 유래하였다.

"늙은 말은 비록 달리는 힘은 없지만 집으로 찾아가는 능력은 출중
합니다. 그 지혜를 활용하시옵소서."

노마식도(老馬識途), '늙은 말이 길을 안다'는 말은 상대방이 누구든
가리지 말고 배울 점이 있으면 배우라는 의미다.

제나라 환공 시절, 관중이 환공을 모시고 고죽국을 정벌하러 봄에
떠났다. 싸움은 겨울이 되어도 끝나지 않았다. 행군을 하다가 산속
에서 길을 잃자 관중이 말했다.

"이러한 경우에는 늙은 말의 지혜를 이용하는 것이 좋습니다."

늙은 말은 여러 군데를 돌아다닌 경험이 풍부하므로 길을 잘 알 것이
라는 뜻이었다. 그는 늙은 말을 풀어놓고 그 뒤를 따라 길을 찾았다.

―《한비자》〈설림편〉

내가 만일 꽃이라면 얼마나 좋을까
그대 살며시 다가와 나를 꺾으면
그대 손안에 내가 있을 텐데

내가 만일 포도주라면 얼마나 좋을까
그대 입속에 흘러 들어가
그대 몸속을 한 바퀴 휘돌면
그대와 나를 치유할 텐데

- 헤르만 헤세

내 마음에
새기는
좋은 글

'빼기'는 이미 하나의 인생철학으로 자리 잡았다. 그런데도 현대인은 쉽게 걸음을 멈추지 못한다. 그러나 '더하기'를 통해 Good도 얻고 Better도 얻지만, Best가 어디 있는지 찾지 못한다.

빼기의 생각 전환을 통해 삶을 단순화해보는 건 어떨까? 물질생활에 대한 인간의 요구가 줄어들면 정신생활의 자유로움은 좀 더 커질 것이다. 빼기는 삶을 단순화하여 우리를 행복한 미래로 이끈다.

내 마음에
새기는
좋은 글

나 자신에게 시간을 주자. 사람들로부터 떨어져 나와 마음을 가라앉히고 나면 진정한 나와 마주하게 될 것이다. 갇혀 있던 영혼을 끄집어내고 정신을 자유롭게 풀어주자. 그러면 평온함과 정적은 번뇌와 욕망을 걸러내고, 무감각해져 있던 영혼은 활력을 되찾을 것이다. 혼탁했던 물이 깨끗해짐과 같은 이치이다.

내 마음에
새기는
좋은 글

일의 결말이 좋고 나쁨을 떠나, 이미 발생한 일에 지나치게 얽매여 있으면 고통만 가중될 뿐이다. 이미 일어난 일을 즐기는 방법을 터득하면서 앞으로 나아가보자. 그러면 성장할 수 있을 것이다.

누구나 창의적인 인간이 될 수 있다. 노력만 하면 언제든지 자신 안에 있는 창의적 잠재력을 끌어낼 수 있는 것이다. 자신의 능력을 아낌없이 발휘해야 창의적 역량도 배가된다. 자신의 한계를 극복해갈 때 창의적 성취의 기쁨도 커진다는 사실을 명심하라.

• 역량(力量): 어떤 일을 해낼 수 있는 힘

참된 성공을 거두는 유일한 길은 바로 자신의 일을 진심으로 사랑
하고 열정을 갖는 것이다. 내면의 목소리를 따라 자신이 사랑하고
열정을 바칠 만한 일을 할 때, 비로소 온갖 역경과 어려움을 이길
힘과 진정한 행복을 얻을 수 있다.

내 마음에
새기는
좋은 글

실패는 일시적인 것일 뿐, 한 번의 실패가 영원한 실패를 뜻하지는 않는다. 좌절이 자아의 형성과 성장 그리고 자아실현의 자양분이 되기 때문이다. 사람은 누구나 실패할 수 있다. 그러나 절대 실패에 무릎 꿇어서는 안 된다. 많은 하버드대 출신이 인생의 의미를 찾는 데 성공한 이유는 실패를 이겨내는 방법을 알았기 때문이다.

누군가가 우리에게

고개를 한 번 끄덕여주는 것만으로도

우리는 미소 지을 수 있고

또 언젠가 실패했던 일에

다시 도전해볼 수도 있는 용기를 얻게 되듯이

소중한 누군가가

우리 마음 한구석에 자리 잡고 있을 때

우리는 그 어느 때보다

밝게 빛나며

활기를 띠고

자신의 일을 쉽게 성취해나갈 수 있습니다

- 카렌 케이시, 〈우리는 누군가에게 소중한 사람입니다〉

우리는 1년 후면 다 잊어버릴 슬픔을 간직하느라
무엇과도 바꿀 수 없는 소중한 시간을 낭비하고 있다.
소심하게 굴기에는 시간이 너무 짧다.

- 데일 카네기

내 마음에
새기는
좋은 글

사람들은 엄청난 불행이나 재난 때문이 아니라 사소하고 작은 일 때문에 좌절한다. 사소한 일에 시간과 정력을 많이 소모하는 사람은 정작 중요한 일을 완성하지 못한다. 무엇이 중요하고 중요하지 않은지, 무엇이 필요하고 불필요한지 심사숙고하여 생활의 문제를 하나씩 떼어버리자.

• 심사숙고(深思熟考): 깊이 잘 생각함. 심사숙려(深思熟慮)

행복은 돈, 환경과 무관하다. 행복을 바라면 지옥에 있어도 천국처럼 느껴질 것이고, 마음이 증오로 가득하다면 천국에 있어도 지옥처럼 느껴질 것이다. 선택은 신이 아니라, 스스로 하는 것임을 잊지 말자.

고통의 다른 모습은 행복이지만, 실제로 고통이 행복이 되는 경우는 인생에서는 흔히 접할 수 없는 진귀한 순간이다. 고통은 사람을 성장시킬 수 있으며, 근심은 사람을 더욱 성숙하게 만든다. 사는 게 쉽지 않다는 걸 명확히 알아야 자신이 가지고 있는 모든 것을 아끼고 사랑하게 된다.

계절이 지나가는 하늘에는
가을로 가득 차 있습니다

나는 아무 걱정 없이
가을 속의 별들을 다 헤일 듯합니다

가슴속에 하나 둘 새겨지는 별을
이제 다 못 헤는 것은
쉬이 아침이 오는 까닭이요,
내일 밤이 남은 까닭이요,
아직 나의 청춘이 다하지 않은 까닭입니다

별 하나에 추억과
별 하나에 사랑과
별 하나에 쓸쓸함과
별 하나에 동경과
별 하나에 시와
별 하나에 어머니, 어머니

내 마음에
새기는
좋은 글

어머니 나는 별 하나에 아름다운 말 한 마디씩 불러봅니다. 소학교 때 책상을 같이 했던 아이들의 이름과, 패, 경, 옥 이런 이국 소녀들의 이름과, 벌써 애기 어머니 된 계집애들의 이름과, 가난한 이웃 사람들의 이름과, 비둘기, 강아지 토끼, 노새, 노루, 프랑시스 잠, 라이너 마리아 릴케 이런 시인의 이름을 불러봅니다

이네들은 너무나 멀리 있습니다
별이 아슬히 멀듯이

어머님,
그리고 당신은 멀리 북간도에 계십니다

나는 무엇인지 그리워
이 많은 별빛이 나린 언덕 위에
내 이름자를 써 보고
흙으로 덮어 버리었습니다

딴은 밤을 새워 우는 벌레는
부끄러운 이름을 슬퍼하는 까닭입니다

그러나 겨울이 지나고 나의 별에도 봄이 오면
무덤 위에 파란 잔디가 피어나듯이
내 이름자 묻힌 언덕 위에도
자랑처럼 풀이 무성할 거외다

- 윤동주, 〈별 헤는 밤〉

내 마음에
새기는
좋은 글

사람은 누구나 자기 생각, 능력, 지위, 학식 등을 잣대로 하여 자신
과 수준이 비슷한 사람을 라이벌로 삼는다. 오늘날의 경쟁사회에서
는 라이벌의 유무와 더불어 그 상대가 진정한 적수인지, 그리고 장
기적 혹은 단기적 적수인지 판별하는 문제가 매우 중요하다. 현명
한 리더는 경쟁 상대에 관한 지식과 자신감을 바탕으로 전략을 세
운다.

나를 모욕한 사람을 향한 원망과 물질에 대한 집착을 버려라. 허영에 묶인 자기 자신을 버리고, 권력을 갈망하는 욕심을 버려라. 행복의 비결은 간단하다. 적게 가지면 된다. 자신을 짓누르던 짐들을 버리고 한발짝 뒤로 물러서면 더 넓은 세상이 열릴 것이다.

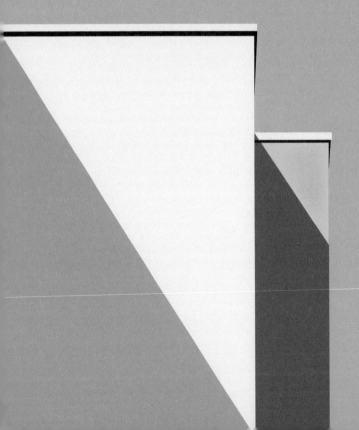

명심하라. 좌절과 마주했을 때, 실망감에 젖어 있는 것은 우리 인생에 아무런 도움도 되지 않는다. 당신이 정말로 하버드대 출신들처럼 성공하길 원한다면 먼저 좌절을 대하는 마음가짐부터 바꿔야 한다. 좌절에 슬퍼하고 자신의 처지를 원망하는 대신 담담하게 좌절에 맞서 이 뼈아픈 경험을 앞날의 밑거름으로 삼아야 한다. 그러면 언젠가 길이 없을 것만 같은 곤경 속에서 희망과 반전의 기회를 볼 수 있게 될 것이다.

• 밑거름
 ① 어떤 일을 이루는 데 기초가 되는 요인
 ② 씨를 뿌리거나 모종하기 전에 주는 거름

고상한 삶을 그려볼 수 있는가?
비록 무엇인가 잃어버리고 무엇인가 사라졌다 해도
지나간 과거는 뒤돌아보지 말고,
새로 태어난 사람처럼 행동하라.
그날그날 당신을 필요로 하는 일이 생길 것이고,
당신은 그 일에 최선을 다할 것이다.

- 괴테

내 마음에
새기는
좋은 글

선을 베풀고 눈에 보이는 보수를 바라지 말라.

선행에 대한 보수는 그 선행과 동시에 그대가 받고 있는 것이다.

악행을 저지르고도 눈에 보이는 보복이 없다고 해서 신기하게 여기

지 말라.

그 보복도 이미 그대의 마음속에 존재하고 있다.

- 톨스토이

다른 사람들과 보폭을 맞추고, 똑같은 선택을 하고, 똑같은 결과를 얻기 위해 자신을 몰아세우지 말라. 저마다 듣는 모든 노래에는 각각 다른 악보가 있게 마련이다.

자신에게 잘 맞는 노래가 듣기에도 가장 좋다. 각자의 세계에서 자신에게 들리는 음악에 맞춰 마음 가는 대로 한번 걸어가자.

• 보폭(步幅): 걸음을 걸을 때 앞발 뒤축에서 뒷발 뒤축까지의 거리. 걸음나비

누구에게나 어느 정도의 걱정, 고통, 번뇌는 항상 필요하다. 배 바닥에 균형을 잡아주는 짐이 없으면 배가 평형을 유지하지도 못하고 목적지를 향해 곧게 나아갈 수도 없는 것처럼 말이다.

의심은 사람 사이의 관계에 해악을 끼친다. 이는 사람의 지혜를 흐려 미혹에 빠지게 하거나 적을 친구로 여기게 만들어 자신이 하는 일마저 파괴한다. 의심은 군주를 폭군으로 만들고 평범한 사람을 질투심으로 몰고 가며 지혜로운 사람을 곤경에 빠뜨린다.

세상에 존재하는 모든 일에는 저마다 특별한 의미가 있다. 다만, 우리가 스스로를 틀 안에 가두고 편협한 시각을 버리지 못했기에 보는 것마다 무의미하고 재미없어 보일 뿐이다. 그 틀을 조금만 벗어나자. 일에 숨겨진 여러 즐거움과 장점을 발견할 수 있고 행복과의 거리도 한층 좁혀질 것이다.

• 편협하다
① 한쪽으로 치우쳐 도량이 좁고 너그럽지 못하다(偏狹하다)
② 땅 따위가 좁다(褊狹하다)
• 전전긍긍(戰戰兢兢): 몹시 두려워서 벌벌 떨며 조심함

모가지가 길어서 슬픈 짐승이여
언제나 점잖은 편 말이 없구나.
관(冠)이 향기로운 너는
무척 높은 족속이었나 보다.

물속의 제 그림자를 들여다보고
잃었던 전설을 생각해 내곤
어찌할 수 없는 향수에
슬픈 모가질 하고 먼 데 산을 바라본다.

– 노천명, 〈사슴〉

내 마음에
새기는
좋은 글

한 말짜리 그릇에는 아홉 되쯤 담는 게 좋다.

가득 채운다면 자칫 그릇을 깨게 되리라.

모든 일에는 어느 정도 여백을 남겨두는 것이 좋다.

화나는 일이 있어도 화나는 감정을 다 쏟아내지 말 것이며

비록 맞는 말이라도 적당히 하고 여운을 남겨두어라.

- 채근담

- 말
  ① 곡식, 액체, 가루 따위의 분량을 되는 데 쓰는 그릇.
  ② 부피의 단위. 곡식, 액체, 가루 따위의 부피를 잴 때 쓴다. 한 말은 한 되의 열 배로 약 18리
   터에 해당한다
- 되
  ① 곡식, 가루, 액체 따위를 담아 분량을 헤아리는 데 쓰는 그릇. 주로 사각형 모양의 나무로
   되어 있다
  ② 부피의 단위. 곡식, 가루, 액체 따위의 부피를 잴 때 쓴다. 한 되는 한 말의 10분의 1, 한
   홉의 열 배로 약 1.8리터에 해당한다

인생은 짧은 여행이다. 유한한 인생은 그래서 더 소중하다. 인생의 여행길에서 열정을 품은 것들에 관심을 쏟고 흔적을 남겨보자. 훗날 지난날을 되돌아보며 이렇게 말할 수 있을 것이다.

"나는 모든 일을 열정적으로 했으며, 결코 부끄러운 삶을 살지 않았다. 언제나 당당했기에 나는 정말 행복했다."

사람이 삶을 살아가기 위해서는 두 가지 일을 해야 한다. 미래에 다
가올 위험에 대비하는 것과 아량을 베푸는 것이다. 전자는 고통을
당하고 손실을 입는 걸 피하기 위해, 후자는 분쟁과 충돌을 피하기
위해 필요하다.

내 마음에
새기는
좋은 글

0 8 0

사람은 마땅히 신뢰로 처신하고 성실과 신의로 주위 사람들과 교류
해야 한다. 그래야만 다른 사람과 같은 신뢰를 주고받으며 불필요
한 의심과 화를 피할 수 있다.

70 / 171

내 마음에
새기는
좋은 글

일에 완벽을 기하는 과정이란 사실 무수히 많은 실수와 잘못 속에서 앞으로 나아가는 과정을 말하며, 그 과정 속에서 실수를 없앴을 때 비로소 위로 올라가는 길을 찾을 수 있다. 그러니 잘못을 저질렀다면 핑계를 대려 급급해하지도, '난 바보야. 난 잘하는 게 하나도 없어'라고 자책하며 전전긍긍하지도 마라. 똑같은 잘못을 반복하며 자신이 정말 바보라고 믿고 싶지 않다면 말이다.

내 마음에
새기는
좋은 글

082

사랑하는 사람이여, 편히 쉬세요
그대를 지키러 나 여기에 왔습니다
그대 곁이라면
그대 곁이라면
혼자 있어도 나는 기쁩니다

그대 눈동자는 아침의 샛별
그대 입술은 한 송이 빨간 꽃
사랑하는 사람이여, 편히 쉬세요
내가 싫어하는 시계가
시간을 헤아리고 있는 동안에

- 롱펠로, 〈사랑하는 사람이여〉

내 마음에
새기는
좋은 글

"실패는 단지 일시적일 뿐, 한 번의 실패가 영원한 실패를 의미하지는 않습니다. 한 사람이 발휘하게 될 기지의 크기나 삶의 방향성은 대개 실패 이후에 결정된다는 것을 잊지 마십시오."

그렇다. 실패는 대수롭지 않은 일이다. 생각을 조금만 바꾸면 실패는 곧 새로운 시작점이 될 수 있다.

0 8 4

참으로 아름답다.

내가 하고 싶은 것을 위해서

공부하고, 일하고, 노력하는 이 순간이야말로

영원히 아름답다.

순간이 여기 있으리라.

내가 그처럼 보낸 과거의 날들은 영원히 없어지지 않으리라.

이러한 순간에야말로 나는 가장 큰 행복을 느낀다.

– 괴테

내 마음에
새기는
좋은 글

행복은 미리 알 수 없다. 바로 오늘만이 실제로 존재하는 순간이다. 어제의 성공과 실패는 이미 지나간 과거에 불과하며, 내일은 아무것도 결정되지 않은 미지의 세계다. 오늘, 지금 이 시간을 잡아야 한다. 오늘의 비옥한 토지에 행복의 씨앗을 심어야 내일 행복한 열매를 맺을 수 있다.

사람은 고슴도치처럼, 지나치게 가까이 다가가면 서로를 찌르게 된다. 사람 간의 거리가 너무 멀어도 추위를 느낀다. 그래서 적당한 거리를 유지해야 하는 것이다.

내 마음에
새기는
좋은 글

행복한 사람은 자신이 행복을 느낄 만한 의미 있고 명확한 목표를 세운다. 그리고 최선을 다해 그 목표를 추구한다. 또한 자신이 의미 있다고 여기는 방식대로 살아가며 삶 자체를 즐긴다. 돈이 주는 잠깐의 환락에 넘어가지 말라. 돈의 노예가 된 사람은 결국 불행과 동행하게 된다.

내 마음에
새기는
좋은 글

행복한 인생을 살지 불행한 인생을 살지는, 일과 사물을 대하는 당신의 마음가짐에 달려 있다. 삶이 우울하고 실망스럽고 고통스럽다면 이는 당신의 비관적인 마음가짐 때문이다. 그러니 조금씩 변화하는 법을 배워라. 긍정의 마인드로 문제를 바라보면 자연스레 고통의 무게가 덜어지고 조금씩 기분도 좋아져 행복하고 성공적인 삶을 향해 나아갈 수 있다.

사랑하는 그대여
이른 새벽녘 눈을 뜨면
가장 먼저 그대가 떠오릅니다
그대는 태양보다도 먼저 내 마음속에 떠올라
햇살보다도 더 먼저
내 마음을 환히 비춰줍니다

오늘 나는
그대만이 내 생애의 전부임을 느낍니다

- J. 피터, 〈내 안에 살고 있는 그대에게〉

내 마음에
새기는
좋은 글

무슨 일을 하다가 실패했을 때 이것은 내 덕이 부족한 탓이라고 생
각하라.

만약 일이 잘 되었으면 그것은 운이 좋았다고 생각하라.

그릇이 작은 사람일수록 성공하면 내가 잘나서이고 실패하면 그것
을 남의 탓으로 돌린다.

- 채근담

내 마음에
새기는
좋은 글

사람의 감정은 환경의 영향을 받는다. 하지만 본인이 스스로 매일 찡그리고 화난 얼굴을 하면 상황은 좋아지지 않는다. 반대로, 항상 미소 띤 얼굴로 지낸다면 대인 관계가 좋아지고 더 많은 기회도 잡을 수 있다. 꽃에 미소 짓고 구름에 양보하는 여유로운 마음을 가져 보자.

내 마음에
새기는
좋은 글

0 9 2

좌절은 어찌 보면 우리의 삶을 훨씬 다채롭게 만들어준다. 홀로 좌절에 맞설 수 있을 때 좌절은 고분고분해진다. 하지만 좌절로부터 도망치고 회피한다면, 좌절은 우리의 이성이며 지혜이며 재능을 집어삼켜 쓸모없는 사람으로 만들어버릴 것이다.

• 다채롭다(多彩롭다): 여러 가지 색채나 형태, 종류 따위가 한데 어울리어 호화스럽다. 컬러풀하다

내 마음에
새기는
좋은 글

더 기뻐하라. 사소한 일이라도 한껏 기뻐하라.

기분이 좋아질 뿐 아니라, 몸의 면역력도 강화된다.

부끄러워하지 말고 참지 말고 삼가지 말고 마음껏 기뻐하라.

웃어라. 싱글벙글 웃어라.

마음이 이끄는 대로 어린아이처럼 기뻐하라.

기뻐하면 온갖 잡념을 잊을 수 있다.

타인에 대한 혐오와 증오도 옅어진다.

주위 사람들도 덩달아 즐거워할 만큼 기뻐하라. 기뻐하라.

이 인생을 기뻐하라. 즐겁게 살아가라.

– 프리드리히 니체

자신의 재능과 능력을 고려해서 인생 목표를 세우라. 남과 자신을 비교해가며 허황되고 그럴싸한 목표를 세우지 말라. 헛된 꿈을 쫓는 것만큼 인생을 낭비하는 일도 없다.

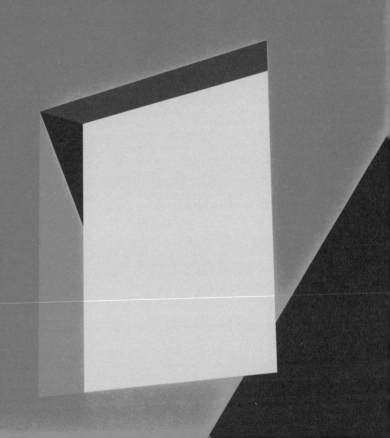

인생에서 아무리 큰 실패를 했더라도 당신은 빈털터리가 아니다. 당신에게는 아직 자아를 실현할 가장 큰 밑천, 바로 무한한 잠재력이 있기 때문이다! 하버드대 출신 성공인사들이 평범함을 벗고 남다른 길을 걸을 수 있었던 이유는 단지 그들의 운이 좋아서가 아니라 그들이 자신의 잠재력을 중요시하고 이를 통해 자기 자신을 넘어섰기 때문이다.

내 마음에
새기는
좋은 글

내려놓으면 자유로워진다

행복은 마음에서 시작된다. 때로는 바쁜 걸음을 멈추고 마음의 소리를 들어보자. 끊임없이 순환하는 자연과 사시사철 변하는 만물을 느끼며 자유롭게 날아올라 춤을 추자. 켜켜이 쌓였던 먼지를 털어내고 순수함으로 돌아가자. 그러면 지금까지 우리가 좇던 것이 언제든지 날아갈 티끌에 불과하다는 사실을 깨달을 것이다.

• 켜켜이: 여러 켜마다
• 켜
　① 포개어진 물건의 하나하나의 층
　② 노름하는 횟수를 세는 단위

사람마다 각자 처지가 다른데 굳이 타인의 기준으로 생활할 필요는
없다. 자신을 더욱 충실하게 만드는 것, 자신에게 있는 것을 지키는
것이야말로 가장 중요한 일이다.

새벽녘 숲에서 꺾은 제비꽃
이른 아침 그대에게 보내드리리
황혼 무렵 꺾은 장미꽃도
저녁에 그대에게 갖다드리리

그대는 아는가
낮에는 진실하고
밤에는 사랑해달라는
그 예쁜 꽃들이 하고픈 말을

– 하이네, 〈꽃이 하고픈 말〉

두 가지 이상의 목표를 모두 완벽하게 이루기에는 인생이 너무 짧
다. 한 번에 한 개의 의자만 선택할 때, 우리는 비로소 능력과 재능
을 최대한으로 펼칠 수 있다.

▼

100

당신의 성공을
가로막는 사람이 있을 수는 있어도
당신의 성장을 저지할 사람은 없다.
즉, 평생 동안 성공하지 못한 핑계는 있어도
성장하지 못한 핑계는 있을 수 없다.

좋은 사람으로 살아가려면 어떻게 해야 할까? 사회생활을 잘하려면 어떻게 해야 할까? 넓은 마음가짐으로 세상을 바라보자. 사람들을 웃게 만들고 자신 또한 웃으며 생활하자. 망망대해를 건너서 다시 넓은 세상을 보자. 구름은 없고 바람은 잔잔한 것처럼, 태양이 뜨고 지는 것처럼 태연해지자.

지혜로운 사람은 늘 자신에게 주어진 생명을, 자신의 고독을 향유
한다. 하지만 어리석은 사람은 늘 고독을, 한가로움이 주는 무료함
을 두려워한다.

• 향유(享有)하다: 누리어 가지다

나는 이 세상에 유일무이한 존재다. 그렇기 때문에 다른 사람과 자신을 비교하거나 남을 부러워할 필요가 없다. 자기비하감에 빠져 스스로 행복을 걷어차지 말라. 자기 파괴적인 자기비하에서 벗어날 때 우리는 비로소 참된 행복을 붙잡을 수 있다.

• 유일무이(唯一無二)하다: 오직 하나뿐이고 둘도 없다. 독일무이(獨一無二)하다

내 마음에
새기는
좋은 글

경쟁자는 우리가 긴장의 끈을 당겨 정신이 해이해지지 않도록 하고 원동력을 잃지 않게 도와준다. 즉, 경쟁 상대가 존재해야 우리의 잠 재력이 발휘되고, 경쟁 상대가 존재해야 우리가 성장할 수 있으며. 경쟁 상대가 존재해야 성공을 앞당길 수 있다. 따라서 우리는 경쟁 상대를 배척하고 미워하는 소극적인 태도를 버리고 적극적으로 그 들과 마주할 필요가 있다.

출발선에서의 유리 혹은 불리의 여부는 중요하지 않다. 중요한 것
은 그 후 과정에서 얼마나 꾸준하고 끈기 있게 임했느냐이다. 지치
고 힘들더라도 포기하지 않고 단 한 걸음을 내디딜 때, 바로 그 한
걸음이 성패를 좌우한다는 사실을 기억하자.

우리가 앞으로 어떤 인생을 살지는 바로 우리의 '선택'에 달렸다. 우리가 어떤 목표를 선택하느냐에 따라 앞으로의 인생은 달라질 것이다. 그러니 더 이상 고민하지 말고 당신이 나아갈 방향을 설정하고, 목표를 세워라. 그런 다음 꾸준히 노력하라. 단, 목표는 반드시 구체적이고 명확해야 하며 실현 가능한 것이어야 한다. 목표가 구체적이지 않으면 목표를 향해 자신이 얼마나 나아갔는지 알 수 없고, 그러면 우리의 잠재력을 효과적으로 발휘할 수 없을 뿐만 아니라 적극성을 떨어뜨려 결국 실망을 안고 포기하게 될 수 있다.

시간은 무한하고 생명은 유한하다. 아무런 의미 없는 일에 자신의 삶을 낭비해서는 안 된다. 이런저런 공상을 하거나, 대부분의 시간을 무료하게 흘려버리거나, 시간 가는 줄도 모르고 유흥에만 빠져 있는 것은 참 의미 없는 행동이다. 자신의 생명을 책임지고 시간을 공경해야 한다.

하루에 한 시간은 반드시 책을 읽어라! 지위가 높을수록, 나이가 많을수록 다양한 종류의 책을 읽어야 한다. 나이를 먹으면 저절로 연륜이 쌓일 거라고 착각하지 말라. 나이를 먹을수록 쌓이는 건 주름살뿐이다. 제대로 된 연륜이란 세월의 흐름과 함께 생각의 폭이 넓어질 때 비로소 쌓이는 것이다.

- 김무일

내 마음에
새기는
좋은 글

믿음은 무적이다. 스스로를 끝까지 포기하지 않고 믿음을 지키는 사람은 어떠한 고난과 어려움 앞에서도 정신이 무너지지 않기 때문에 반드시 승리한다. 생각이 행동과 결과를 만들어낸다.

• 무적(無敵): 매우 강하여 겨룰 만한 맞수가 없음. 또는 그런 사람

110

친절은 세상을 아름답게 한다.
모든 비난을 해결한다.
얽힌 것을 풀어헤치고
곤란한 일을 수월하게 하고
암담한 것을 즐거움으로 바꾼다.

- 톨스토이

노동과 휴식의 결합이야말로 시간관리의 참 의미다. 업무 효율과 시간 이용 효율을 높이고 싶다면, 활력을 충전하고 정신을 맑게 유지해보자.

내 마음에
새기는
좋은 글

위선을 내려놓아라. 자부심을 버려라. 그러면 정신적으로 편안해질
것이다. 현재를 제대로 살면서 현재의 모든 것을 누릴 수 있다.

당신의 삶이 아무리 무미건조하고 단조롭더라도 오늘부터는 절대 되는 대로 살아가지 마라. 열정으로 마음을 가득 채워 하루하루를 살아라. 그러면 얼마 지나지 않아 활력 넘치는 자신을 마주하게 될 것이며, 당신의 미래 역시 무한한 가능성으로 가득해질 것이다.

길은 가까운 곳에 있다.

그런데도 사람들은 헛되이 먼 곳을 찾고 있다.

일은 막상 해보면 쉬운 것이다.

시작도 하지 않고

미리 어렵게만 생각하고 있기에 할 수 있는 일들을

놓쳐버리는 것이다.

– 맹자

내 마음에
새기는
좋은 글

너무 어려운 일에 부닥치면 발이 묶여 기다려야만 하는 경우가 생긴다. 어디서부터 손을 대야 할지 몰라서다. 이때는 쉬운 일부터 시작하는 것도 좋은 방법이다.

내 마음에
새기는
좋은 글

세상사는 마음먹기에 달려 있다. 환경을 바꿀 수 없다면 자신을 바꾸면 된다. 내리는 비를 그치게 하지 못하는 대신 우산을 쓰고, 길이 막히면 돌아갈 길을 찾는 것처럼 말이다. 생각을 조금만 바꾸면 많은 것이 달라진다.

강한 자는 스스로를 구한다. 세상을 살아가는 우리에게는 마주봐야 할 문제들이 있다. 고난이 찾아왔다고 하늘을 원망하거나 남을 탓하지 말고, 궁지에 몰렸다고 쉽게 포기하지 마라. 희망을 안고 능동적으로 적극적인 행동을 취할 때 막다른 길에서 진짜 희망을 보게 될지니!

죽는 날까지 하늘을 우러러
한 점 부끄럼이 없기를,
잎새에 이는 바람에도
나는 괴로워했다.
별을 노래하는 마음으로
모든 죽어가는 것을 사랑해야지
그리고 나한테 주어진 길을
걸어가야겠다.

오늘 밤에도 별이 바람에 스치운다.

- 윤동주, 〈서시序詩〉

내 마음에
새기는
좋은 글

▼

119

돈 빌려달라는 것을 거절해서
친구를 잃는 일은 적지만
반대로 돈을 빌려줘서
도리어 친구를 잃는 일은 많다.

- 쇼펜하우어

사람은 꿈과 책임감을 지녀야 한다. 이러한 요소는 우리에게 영예, 성공, 자아 가치를 실현하게 해준다. 무엇보다 더 고차원적인 몸과 마음의 평화, 행복을 느끼게 해준다. 젊었을 때야말로 인생의 가치적 측면에서 짧은 인생에 대해 생각해보고, 유한한 시간 안에서 모든 일을 더욱 의미 있게 만들어 나아가야 한다. 이로써 하는 일 하나하나마다 자신에게 지닌 가치를 충분히 느끼고, 짧은 인생을 더욱 다채롭고 찬란하게 만들어야 한다.

● 찬란하다(燦爛하다/粲爛하다)
  ① 빛이 번쩍거리거나 수많은 불빛이 빛나는 상태이다. 또는 그 빛이 매우 밝고 강렬하다
  ② 빛깔이나 모양 따위가 매우 화려하고 아름답다
  ③ 일이나 이상(理想) 따위가 매우 훌륭하다
  ④ 감정 따위가 매우 즐겁고 밝다

내 마음에
새기는
좋은 글

비교와 부러움은 인간의 공통된 심리다. 그래서 지금 자신이 가진 것을 가장 소중히 여겨야 한다고 말하면서도 마음 한구석에는 여전히 갖지 못한 것을 탐낸다. 오죽하면 '놓쳐버린 고기가 제일 크고, 얻지 못한 것이 가장 좋다'고 하겠는가! 하지만 맹목적인 부러움은 종종 번뇌와 고통, 불행감만 가득 안겨준다.

내 마음에
새기는
좋은 글

무언가를 얻고 싶다면 먼저 나누는 법을 배워라. 남이 나에게 잘해주지 않는다고, 무엇인가를 주지 않는다고 불평을 하기 전에 냉정하게 생각해보라. 당신은 다른사람에게 잘 대해주었는가? 당신은 다른 사람에게 무엇을 주었는가? 대부분의 경우 당신이 먼저 다른 사람에게 베풀어야 그 보답이 돌아오게 마련이다.

웃음은 모든 일을 물러나서 보게 한다. 어린 시절 부드러웠던 몸이 나이 들면 굳어가듯이 가득했던 웃음도 나이 들어감에 따라 사라져 간다. 몸의 부드러움을 잃지 않기 위해 스트레칭이 필요하듯이, 웃음을 잃지 않기 위한 노력도 필요하다. 웃음을 가꾸고 익히면 웃음이 몸에 밸 것이다. 웃음이 몸에 배면 행복해진다. 행복해서 웃지만 웃으면 행복해진다.

- 노만택

제대로 독서하는 사람은 책 속 내용을 무조건 받아들이지는 않는
다. 그들은 쓸모없는 것은 버리고 정수만 받아들인다. 또한 거짓은
버리고 진실만 추려내며, 질의하고 판단한다. 이는 일련의 사색 과
정이요, 실천 과정이다. 이를 통해 얻은 것이야말로 비로소 자기 것
이 되며, 쓸모 있다.

• 사색(思索): 어떤 것에 대하여 깊이 생각하고 이치를 따짐
• 사색(死色): 죽은 사람처럼 창백한 얼굴빛
• 사색(辭色): 말과 얼굴빛을 아울러 이르는 말

다른 사람이 자신보다 행복해 보이는 이유는 무엇일까? 그것은 우리가 남의 행복에는 확대경을 들이대면서 자신의 행복은 축소경으로 보기 때문이다. 다른 사람의 불행은 축소해서 보지만 자신의 불행은 늘 확대해서 본다. 그러니 당연히 자신의 삶은 어떤 각도에서 봐도 괴롭고 짜증나는 것일 수밖에 없다.

내 마음에
새기는
좋은 글

나 보기가 역겨워

가실 때에는

말없이 고이 보내 드리우리다

영변에 약산

진달래꽃

아름 따다 가실 길에 뿌리우리다

가시는 걸음걸음

놓인 그 꽃을

사뿐히 즈려밟고 가시옵소서

나 보기가 역겨워

가실 때에는

죽어도 아니 눈물 흘리우리다

- 김소월, 〈진달래꽃〉

내 마음에
새기는
좋은 글

자아실현은 그리 복잡한 일이 아니다. 중요한 것은 자율성이라는 습관을 기르는 데 있다. 자신의 마음을 가다듬어 다른 일에 동요하지 않고 전심전력을 다해 주어진 일을 하는 것이다. '낙숫물이 댓돌을 뚫는다'는 이야기를 기억하는가? 물은 원래 세상에서 가장 여린 물질이다. 하지만 물 한 방울 한 방울이 집중적으로 돌 위에 떨어지면 아무리 단단한 돌에도 구멍이 나게 마련이다.

• 낙숫물(落水물): 처마 끝에서 떨어지는 물. 옥류수(屋霤水)

살면서 우리가 가장 감사하고 고마워해야 할 대상은 다름 아닌 가족이다. 바로 내 곁에 있는 부모님, 배우자, 자녀에게 감사한 마음을 가져야 한다. 특히 부모님은 나를 위해 많은 것을 희생하고도 아무 대가도 요구하지 않으신다. 그런데 어찌 감사하지 않을 수 있단 말인가?

어떻게 살아가고
어떻게 늙어가고
어떻게 인생을 마무리 짓느냐?
이것이 '노년의 행복 연습'이다.

- 김형석

내 마음에
새기는
좋은 글

인생에는 자아를 드러낼 무대가 필요한데, 일이 바로 가장 좋은 무대다. 일을 하는 과정에서 나의 가치를 실현할 수 있기 때문이다. 하버드대 출신들은 바로 이 무대에서 성공을 거머쥐었다. 그러니 자신의 일에 대해 진지하게 임하라. 어떤 단계에 있든 열심히 노력해 일을 잘 완수하라. 그러면 시간을 투자하는 분야에서 성과를 보게 될 것이다.

131

감사하다고 말하는 것은 상대방을 존중하는 것이기도 하다. 남이 베푸는 호의나 헌신을 당연하게 생각해서는 안 된다. 그래서 감사에 인색한 사람은 원만한 인간관계를 맺기가 어렵다. 다른 사람과 더불어 살지 못하는 사람이 인생에서 진정한 성공을 거둘 리 만무하다. 그렇기에 감사를 느끼지도, 표현하지도 않는 것은 자기 인생을 스스로 실패로 몰아넣는 치명적 실수다.

▼

132

그래서 나는
죽고 나서부터가 아니라
오늘부터 영원을 살아야 하고
영원에 합당한 삶을 살아야 한다.

- 구상

어느 누구도 과거로 돌아가서
새롭게 시작할 순 없지만,
지금부터 시작하여
새로운 결말을 맺을 수는 있다.

- 칼 바르트

내 마음에
새기는
좋은 글

나는 지나간 연주에 결코 만족하지 않아요.

항상 그것들을 다시 더 잘 연주해보길 꿈꾸죠.

그와 같이, 매번의 콘서트는 다음번을 위한 연습일 뿐이에요.

- 아르투르 루빈스타인

사랑은 모두 타이밍의 문제이다.

너무 빠르거나 너무 늦게 맞는 사람을 만나는 건 좋은 만남이 아니다.

다른 시대나 장소에 살았다면

내 이야기는 매우 다른 결말이 되었을지도 모른다.

- 영화 〈2046〉

모란이 피기까지는
나는 아직 나의 봄을 기다리고 있을 테요
모란이 뚝뚝 떨어져버린 날
나는 비로소 봄을 여읜 설움에 잠길 테요
오월 어느 날, 그 하루 무덥던 날
떨어져 누운 꽃잎마저 시들어 버리고는
천지에 모란은 자취도 없어지고
뻗쳐 오르던 내 보람 서운케 무너졌느니
모란이 지고 말면 그뿐, 내 한 해는 다 가고 말아
삼백 예순 날 하냥 섭섭해 우옵내다
모란이 피기까지는
나는 아직 기다리고 있을 테요, 찬란한 슬픔의 봄을.

- 김영랑, 〈모란이 피기까지〉

사람을 있는 그대로 사랑하는 법을 배우는 데는
오랜 시간이 걸린다.
자기 주위에 있는 사람들을 자기 비슷하게 만들려고
애쓰는 버릇이 깊이 뿌리박혀 있기 때문이다.

_ 황동규, 〈있는 그대로 사랑하기〉

가끔 나는 안개 속에서 헤매고,

수도 없이 마음이 움직이고 당황하며,

혼자 비참하게 남겨진 것처럼 느낀 적도 자주 있습니다.

하지만 헤쳐 나아가는 것은 멋진 일이라 생각합니다.

기쁨과 즐거움은 자부심을 가질 게 못 됩니다.

영혼의 밑바닥에서 자부심과 희열을 느끼게 하는 건

용감하게 이겨낸 어려움과 끈기 있게 견뎌낸 고통뿐입니다.

_ 로베르트 발저,《산책》

내 마음에 새기는 좋은 글

초판 1쇄 인쇄 2025년 4월 1일
초판 1쇄 발행 2025년 4월 14일

엮 은 이 | 이강래
펴 낸 이 | 박찬근
펴 낸 곳 | (주)빅마우스출판콘텐츠그룹
주   소 | 경기도 고양시 덕양구 삼원로 73 한일윈스타 1422호
전   화 | 031-811-6789
팩   스 | 0504-251-7259
이 메 일 | bigmouthbook@naver.com
편   집 | 미토스
표지디자인 | ⊛
본문디자인 | 디자인 [연:우]

ISBN 979-11-92556-37-6 (03800)